Analyse de l'œuvre

Par Alice Cattley

Raison et Sentiments

Jane Austen

lePetitLittéraire.fr

Analyse de l'œuvre

Par Alice Cattley

Raison et Sentiments

Jane Austen

Rendez-vous sur lepetitlitteraire.fr et découvrez :

Plus de 1200 analyses
Claires et synthétiques
Téléchargeables en 30 secondes
À imprimer chez soi

JANE AUSTEN

ROMANCIÈRE ANGLAISE

- **Née à Steventon en 1775.**
- **Décédée à Winchester en 1817.**
- **Travaux notables :**
  - *Orgueil et préjugés* (1813), roman
  - *Mansfield Park* (1814), roman
  - *Persuasion* (1818), roman

Jane Austen est née dans le Hampshire en 1775, fille d'un recteur anglican. Bien que les Austen aient eu un revenu modeste, Jane et ses frères et sœurs ont été encouragés à lire beaucoup. Elle a écrit sa première nouvelle parodique, *Love and Friendship* (1790) – faute d'orthographe délibérée – alors qu'elle n'avait que 14 ans. Jane lisait apparemment des extraits de l'œuvre à haute voix à sa famille, développant ainsi un style d'écriture caractérisé par l'observation sociale et l'esprit.

En 1801, Jane quitte le Hampshire pour s'installer à Bath avec ses parents et sa sœur Cassandra. Leur vie dans la ville est cependant écourtée par la mort de son père en 1805. Jane, sa mère et Cassandra s'installent finalement dans le village de Chawton, où Jane écrit ses romans les plus célèbres : *Raison et Sentiments* (1811), *Orgueil et préjugés, Mansfield Park, Northanger Abbey* (1818) et *Persuasion*. En 1816, à l'âge de 41 ans, elle tombe malade et meurt l'année suivante, probablement de la maladie d'Addison. Elle a continué à écrire jusqu'à la fin et est enterrée dans la cathédrale de Winchester.

RAISON ET SENTIMENTS

UN DRAME DOMESTIQUE

- **Genre :** Roman
- **Édition de référence :** Austen, J. (1995) Sense and Sensibility. Londres : Penguin.
- **1ère édition :** 1811
- **Thèmes :** Sororité, passion, amour, société, passage à l'âge adulte, argent.

Raison et Sentiments est le premier roman publié par Jane Austen. On pense qu'une première version a pu être rédigée dès 1795, alors qu'Austen n'avait que 19 ans. Ce projet, dont le titre provisoire était *Elinor et Marianne*, était un roman épistolaire (un roman raconté par des lettres). Ce n'est qu'en 1811 que *Raison et Sentiments* a été publié dans sa forme narrative finale, et même alors, il a été publié anonymement ; la page de titre originale indique simplement que le livre est « par une dame ». Il n'en a pas moins été un véritable succès littéraire, les 750 exemplaires de son premier tirage ayant été épuisés dès 1813.

L'histoire suit principalement Elinor et Marianne Dashwood, des sœurs qui sont contraintes de déménager après la mort de leur père. Le titre du roman fait référence à leurs caractères différents : alors qu'Elinor représente le bon sens, Marianne représente la sensibilité, et l'intrigue met les deux à l'épreuve lorsque les sœurs tombent respectivement amoureuses.

RÉSUMÉ

DÉPART DE NORLAND

Le roman s'ouvre sur la mort de M. Henry Dashwood. Il est marié et a trois filles : Elinor, 19 ans, Marianne, 16 ans, et Margaret, 13 ans. La famille est « installée depuis long-temps » (p. 3) dans sa maison du Sussex, Norland Park, mais à la mort d'Henry, la propriété est transmise à John Dashwood, le fils d'Henry issu d'un précédent mariage. Bien que John aime beaucoup sa belle-mère et ses trois demi-sœurs, sa femme, l'orgueilleuse et peu généreuse Fanny, insiste sur le fait qu'il n'a aucune responsabilité envers elles ; elle convainc son mari que leur donner de l'argent équivaut à voler l'héritage de son propre fils, et que les biens matériels laissés à Mme Dashwood dans le testament d'Henry – toute la porcelaine, les assiettes et le linge – constituent un héritage plus que suffisant.

John, Fanny et leur fils Harry s'installent à Norland dès que possible, suscitant le ressentiment des femmes Dashwood. Mme Dashwood est particulièrement pertur-bée et commence à chercher un endroit où emménager avec ses filles. Cependant, lorsque le frère de Fanny, Edward Ferrars, arrive à Norland, Mme Dashwood retarde ses plans ; elle commence à soupçonner qu'Elinor et Edward tombent amoureux. Edward n'est pas remar-quable en apparence, et Marianne se désespère de son manque d'esprit et du fait que « la musique semble à peine l'attirer » (p. 15) ; cependant, une fois que sa timi-dité commence à se dissiper, il est bon vivant et atten-

tif, aussi différent de sa sœur Fanny qu'il puisse l'être
(« Il suffit, dit [Mme Dashwood], de dire qu'il n'est pas
comme Fanny. Cela implique tout ce qui est aimable. Je
l'aime déjà. » p. 14).

Fanny, cependant, a également remarqué un attachement entre son frère et Elinor. Elle dit à Mme Dashwood
que le mariage ne pourra jamais avoir lieu et qu'Elinor
doit être motivée par la perspective de l'héritage d'Edward. Mme Dashwood est offensée, et lorsqu'un parent
éloigné, Sir John Middleton, lui écrit pour lui proposer
une maison – un petit cottage dans sa paroisse du
Devonshire – elle accepte immédiatement l'invitation.
Elle et ses filles font leurs adieux à Norland (en larmes,
dans le cas de Marianne) et partent pour le Devonshire.

BARTON COTTAGE

Lorsque les Dashwood arrivent dans leur nouvelle maison, Barton Cottage, ils sont chaleureusement accueillis
par Sir John Middleton, qui insiste pour que la famille
dîne chez lui le lendemain. Il vit à Barton Park, à environ
800 mètres du cottage, avec sa femme Lady Middleton
et sa mère, Mme Jennings. Au cours du dîner, Mme
Jennings se montre joviale, bavarde et « plutôt vulgaire »
(p. 29). Elle se plaît à taquiner Elinor et Marianne, leur
demandant si elles ont laissé leur cœur dans le Sussex.
Marianne, qui est au courant de l'intérêt de sa sœur pour
Edward, s'indigne en sa faveur.

Les Dashwood font également la connaissance de l'ami
de Sir John, un « vieux célibataire absolu » (p. 30) appelé

Colonel Brandon. Bien que Marianne le rejette d'abord à cause de son âge – trente-cinq ans – il gagne son respect en prêtant une attention particulière à sa performance au piano après le dîner. Cela est apparemment aussi remarqué par Mme Jennings qui, quelques jours plus tard, cause un grand embarras en annonçant à une Marianne horrifiée que le colonel Brandon est amoureux d'elle. Marianne dit à sa mère et à Elinor que Brandon est manifestement trop vieux et trop infirme pour tomber amoureux, au grand amusement de sa famille. Quand Elinor a quitté la pièce, Marianne annonce sa surprise qu'Edward ne soit pas encore venu leur rendre visite. Elle s'étonne de l'autodiscipline d'Elinor et trouve étrange qu'il ne semble pas lui manquer.

«Un matin mémorable» (p. 36), Marianne et Margaret partent se promener dans les collines qui entourent leur cottage. Mrs Dashwood et Elinor restent à la maison, craignant le temps. Ces craintes s'avèrent justifiées lorsque la pluie se met soudain à tomber à verse; les sœurs courent vers la maison en descendant la colline escarpée qui mène à la porte de leur jardin, mais Marianne glisse et tombe. Un monsieur qui gravit la colline avec son fusil et deux chiens voit l'accident et se précipite à son secours. Constatant qu'elle s'est tordu la cheville, l'homme la soulève et la transporte dans le salon du cottage, où il apprend aux Dashwoods qu'il s'appelle Willoughby. Il est extrêmement beau et charmant, et demande à passer chez eux demain pour s'enquérir de la cheville de Marianne.

Plus tard dans la matinée, Sir John arrive. Marianne l'interroge sur Willoughby et apprend qu'il est un bon tireur, un danseur vif et qu'il est prêt à hériter des biens de la riche Mme Smith qui vit à Allenham Court, non loin de là. Fidèle à sa parole, Willoughby rend visite aux Dashwood le lendemain. Marianne et lui se découvrent un amour commun pour la musique et la littérature, citant leurs passages préférés et discutant des auteurs. Elinor taquine sa sœur en disant que le couple aura épuisé toute conversation en quelques rencontres. Néanmoins, il lui rend visite tous les jours, et sa relation avec Marianne s'intensifie. Il se moque même du colonel Brandon devant elle, remarquant qu'il est quelqu'un «dont tout le monde parle en bien, mais dont personne ne se soucie» (p. 44) – au grand dam d'Elinor, qui s'empresse de défendre Brandon.

Il ne faut pas longtemps pour que Marianne et Willoughby passent presque tout leur temps ensemble, laissant Elinor inquiète de leur indiscrétion. Elinor elle-même n'a pas de compagnon aussi proche ; elle ne trouve du plaisir qu'en compagnie du colonel Brandon. Un soir à Barton Park, alors que Marianne et Willoughby dansent, Brandon demande à Elinor si Marianne approuve les «seconds attachements» (p. 49). Elinor est un peu surprise de la question. Brandon poursuit en disant qu'il a connu une dame qui ressemblait beaucoup à Marianne, mais s'arrête comme s'il était conscient d'en avoir trop dit.

L'ATTACHEMENT CROISSANT

Le lendemain matin, les sœurs sont en promenade lorsque Marianne confie à Elinor que Willoughby lui a offert un cheval. Marianne elle-même est ravie, mais Elinor est plus réaliste ; non seulement elle s'interroge sur les aspects pratiques de la conservation d'un cadeau aussi coûteux, mais elle craint également que l'acceptation d'un cadeau aussi généreux de la part d'un homme qu'elle a connu si brièvement soit considérée comme indécente. Marianne insiste chaleureusement sur le fait qu'elle connaît Willoughby mieux que quiconque, à l'exception de sa sœur et de sa mère – mais elle finit par admettre qu'accepter le cheval serait un fardeau financier pour Mme Dashwood, et elle décline l'offre à regret.

Le lendemain, Margaret confie un secret à Elinor : elle a vu Willoughby couper une mèche de cheveux de Marianne, l'embrasser et la plier dans son livre de poche. (À l'époque où le roman a été écrit, les couples échangeaient souvent des mèches de cheveux en signe d'engagement). Margaret pense que cela signifie que le couple est fiancé. Elle fait encore preuve d'indiscrétion un soir à Barton Park, lorsqu'elle laisse entendre à Mme Jennings qu'Elinor *a* finalement laissé son cœur dans le Sussex. Encouragée par les questions de Mme Jennings, Margaret révèle que l'intérêt amoureux d'Elinor est un homme sans profession particulière dont le nom commence par « F ».

Les Dashwood, les Middleton, Brandon et Willoughby organisent un voyage à Whitwell, un domaine non loin de Barton qui appartient au beau-frère de Brandon.

Mais au moment où ils s'apprêtent à partir, Brandon reçoit une lettre qui, de toute évidence, l'afflige. Malgré l'impertinence de Mme Jennings qui lui demande de leur dire ce qu'elle contient, Brandon maintient qu'il s'agit d'une simple lettre d'affaires qui l'appelle d'urgence en ville. Après son départ, Mme Jennings dit à Elinor qu'elle soupçonne que la lettre concerne une dame nommée Miss Williams, qu'elle croit être la « fille naturelle » de Brandon (p. 59).

Le voyage ayant été reporté, le groupe décide de passer la journée à parcourir le pays en calèche. Marianne et Willoughby partent ensemble et sont les derniers à revenir. Mme Jennings les taquine, prétendant savoir où ils ont passé la matinée. Bien que le couple se défende de ses spéculations, Marianne révèle plus tard à Elinor que Willoughby l'a emmenée visiter Allenham Court alors que sa vieille parente était absente. Elinor est consternée et lui dit que la visite était totalement injustifiée. Marianne finit par admettre qu'il s'agissait peut-être d'une erreur de jugement, mais se met à raconter en détail à sa sœur combien la maison est charmante.

ABANDON

Lors d'une de ces fréquentes visites à Barton Cottage, Willoughby annonce à quel point il aime la maison. Il déclare qu'elle est « sans défaut » (p. 64) et faite promettre à Mrs Dashwood de ne jamais y apporter de modifications. Lorsqu'elle accepte, il la pousse encore plus loin en lui disant qu'il espère la trouver, elle et ses filles, toujours aussi inchangées que leur demeure.

Cependant, le changement n'est pas loin. Elinor et Mme Dashwood rentrent de chez les Middleton et trouvent Marianne en train de monter les escaliers en larmes. Dans le salon, Willoughby explique qu'il est envoyé à Londres pour affaires et qu'il ne pourra pas revenir dans le Devonshire pour le reste de l'année. Mme Dashwood, qui croit dur comme fer que Marianne et lui sont secrètement fiancés depuis des semaines, suggère que Willoughby a dû partir pour cacher ses fiançailles à Mme Smith. Elinor n'est pas convaincue ; elle rappelle à sa mère qu'ils n'ont eu aucune confirmation d'un lien formel entre eux. Marianne est accablée par le chagrin.

Environ une semaine après le départ soudain de Willoughby, Elinor, Marianne et Margaret se promènent lorsqu'elles voient un gentleman à cheval s'approcher du cottage. Bien que Marianne, assombrie par l'espoir, pense d'abord qu'il s'agit de Willoughby, il s'agit en fait d'Edward. Elle lui dit combien elle est ravie qu'il soit enfin arrivé, mais Elinor est plus réservée et attend de voir comment il se comporte avec elle. Marianne et elle sont toutes deux surprises de le trouver de mauvaise humeur et apparemment peu enclin à passer du temps seul avec Elinor. Les filles sont cependant rassurées lorsque Marianne remarque qu'il porte une bague contenant une mèche de cheveux. Bien qu'Edward soit clairement embarrassé lorsqu'elle le lui fait remarquer et qu'il affirme que les cheveux appartiennent à sa soeur Fanny, ni Marianne ni Elinor ne le croient. Elinor se demande comment Edward a pu couper ce qu'elle croit être ses propres cheveux sans demander la permission.

Après seulement une semaine à Barton Cottage, Edward annonce aux Dashwood qu'il doit partir. Elinor se dit que la brièveté de son séjour doit être due à sa mère, qui est très exigeante et le fait souvent venir. Elle passe de plus en plus de temps à sa table à dessin, incapable de penser à autre chose qu'à Edward. Elle est à sa table à dessin lorsqu'une grande fête arrive au cottage : il s'agit de Sir John, Lady Middleton et Mme Jennings, accompagnés de Charlotte, la sœur enceinte de Lady Middleton, et de son mari. Sir John demande aux filles Dashwood de dîner avec eux le soir suivant. Elinor et Marianne acceptent – mais seulement parce qu'elles ne trouvent aucun moyen de refuser.

Sir John a bientôt d'autres invités, deux jeunes femmes qu'il a rencontrées à Exeter, Anne et Lucy Steele. Les jeunes filles sont présentées à Elinor et Marianne à Barton Park. Les Dashwood sont rapidement irrités par les Steeles, qui se plient aux exigences de Lady Middleton et de ses enfants ; cependant, Lucy semble rechercher la compagnie d'Elinor, et lorsque Sir John lâche le nom d'Edward Ferrars – qu'il présume être le fameux « F » mentionné par Margaret – Lucy s'empresse de prendre Elinor à part. Elle confie qu'elle sera bientôt intimement liée à la famille Ferrars, puisqu'elle est fiancée à Edward depuis quatre ans.

UN VOYAGE À LONDRES

Sachant maintenant que ce sont les cheveux de Lucy qui se trouvent dans la bague d'Edward, Elinor a le cœur brisé – mais ne dit rien à Marianne. Lucy profite de chaque occasion pour parler à Elinor de ses fiançailles, lui expliquant qu'elles ont gardé le secret car la mère d'Edward n'approuverait sans doute pas ce mariage. Un soir, toujours à Barton Park, Mme Jennings invite Elinor et Marianne à rester avec elle dans sa maison de Londres, près de Portman Square. Marianne est ravie à l'idée de revoir Willoughby, mais Elinor est réticente – elle ne veut surtout pas se retrouver en compagnie d'Edward et de Lucy, qui seront tous deux à Londres.

Il faut trois jours à la voiture de Mme Jennings pour atteindre Londres. Dès leur arrivée, Marianne écrit à Willoughby pour lui faire savoir qu'elle est en ville. Elle s'attend à ce qu'il apparaisse à tout moment et regarde impatiemment à la fenêtre. Lorsqu'un visiteur arrive ce soir-là, elle est consternée de constater qu'il s'agit du colonel Brandon et quitte la pièce sans lui parler. Elle est encore plus déçue lorsque Willoughby décline une invitation à un bal organisé dans la maison de Sir John à Londres. Elinor décide de découvrir la vraie nature de leur relation une fois pour toutes.

Le colonel Brandon rend une nouvelle visite à la maison de Mme Jennings. Il demande à Elinor si les rumeurs selon lesquelles Marianne et Willoughby sont fiancés sont vraies. Elinor lui répond, avec le plus grand tact possible, que bien qu'elle ne sache rien d'un engagement formel, elle ne doute pas de leurs sentiments mutuels. Brandon dit qu'il espère que Marianne sera heureuse et que Willoughby s'efforcera de la mériter. Ce n'est pas le cas ; peu après, lors d'un bal en ville, Marianne aperçoit Willoughby qui parle à une jeune femme dans la foule.

Elle se précipite à sa rencontre, mais il se contente de la saluer froidement, l'informe qu'il a bien reçu ses lettres et retourne parler à sa compagne.

Marianne est dévastée. Le lendemain, elle montre à Elinor une lettre qu'elle a reçue de Willoughby, s'excusant si son comportement dans le Devonshire a donné une mauvaise impression et l'informant qu'il est fiancé à une autre femme. Il y a joint les trois lettres qu'elle lui a envoyées à Londres. Marianne dit à Elinor qu'elles n'ont jamais été formellement fiancées elles-mêmes, laissant Elinor consternée par la témérité de l'affection de sa sœur.

Pour tenter de réconforter Marianne, Mme Jennings organise un dîner ce soir-là, mais Marianne n'est pas d'humeur à recevoir et quitte la table tôt. Une fois qu'elle est partie, les invités discutent de Willoughby. Elinor apprend qu'il a dilapidé sa fortune et s'est empressé de demander en mariage Mlle Sophia Grey, une riche héritière. La véritable nature de Willoughby devient encore plus évidente lorsque le colonel Brandon raconte à Elinor la lettre qu'il a reçue le jour du voyage à Whitwell. Elle concerne Miss Williams, la fille d'une femme nommée Eliza dont Brandon avait été amoureux. Eliza avait été forcée d'épouser le frère aîné de Brandon, un homme cruel qui avait fini par divorcer, la laissant mourir de consomption dans un hospice. Brandon avait promis de s'occuper de sa fille de trois ans, qu'il envoyait à l'école – jusqu'à ce qu'il y a environ un an, à l'âge de quinze ans, elle disparaisse. La lettre portait la nouvelle qu'elle avait été retrouvée : séduite, enceinte et abandonnée par nul autre que Willoughby lui-même.

John Dashwood, le demi-frère d'Elinor et Marianne, leur rend visite chez Mme Jennings – bien qu'il admette qu'il était déjà en ville depuis deux jours avant de les contacter. Il fait une promenade avec Elinor, au cours de laquelle il lui dit que ce serait une bonne idée pour elle d'épouser le colonel Brandon. Il remarque également que l'apparence de Marianne a décliné depuis la dernière fois qu'il l'a vue, et qu'elle ne sera donc plus en mesure d'attirer un riche mari. Fanny Dashwood rend également visite à Mme Jennings ; bien qu'elle craigne au départ que la famille ne soit pas assez sophistiquée pour elle, elle se prend immédiatement d'affection pour Lady Middleton et invite tout le groupe – y compris les Steeles – à dîner dans sa maison de Londres. Elinor y rencontre Mme Ferrars, la mère de Fanny et d'Edward. C'est une femme acariâtre et désagréable, qui inspire la colère de Marianne après avoir fait injure à la peinture d'Elinor.

Le lendemain, Lucy rend visite à Elinor chez Mme Jennings pour discuter de la nuit précédente. Elle est convaincue que Mme Ferrars l'a traitée favorablement et pense que cela signifie qu'elle pourrait accepter ses fiançailles avec Edward. Soudain, Edward en personne arrive – à la grande angoisse d'Elinor. Marianne, qui ne sait pas du tout qu'Edward et Lucy se connaissent, descend de sa chambre pour l'accueillir, et est surprise de le voir partir si soudainement. Lors d'une fête, les Dashwood rencontrent le frère aîné d'Edward, Robert Ferrars, qui est stupide et odieux.

RÉVÉLATIONS

Peu après, Mme Jennings annonce la nouvelle – choquante pour tout le monde sauf Elinor – qu'Edward et Lucy sont fiancés depuis quatre ans. Elinor révèle à Marianne qu'elle le sait depuis des mois, et Marianne est étonnée de la sérénité dont elle a fait preuve. John Dashwood arrive et annonce à ses sœurs qu'Edward a refusé de rompre ses fiançailles et a donc été déshérité par sa mère. Elinor et Marianne sont maintenant toutes deux désireuses de quitter Londres, qui a vu la désintégration de leurs liens. Elles se rendent avec Mme Jennings à Cleveland, la maison de sa fille Charlotte, avant de retourner à Barton Cottage.

Avant leur départ, le Colonel Brandon fait une proposition à Elinor. Il a entendu parler de la déshérence d'Edward et souhaite lui offrir un logement au presbytère de son domaine. Il demande à Elinor, qui est touchée par sa gentillesse, de le dire à Edward en son nom – la laissant dans la douloureuse position de faciliter le mariage de l'homme qu'elle aime avec une femme qu'elle dédaigne en privé.

Lorsque les filles Dashwood arrivent à Cleveland, Marianne commence à faire de longues promenades le soir. Le temps est maussade et elle tombe violemment malade ; bien qu'Elinor essaie de la soigner, elle devient fiévreuse et commence à appeler sa mère au milieu de la nuit. Le médecin diagnostique une infection putride et l'on craint pour sa vie. Brandon propose de se rendre à Barton et de revenir avec Mme Dashwood, avant qu'il ne soit trop tard. Cependant, après deux jours angoissants, Marianne commence à montrer des signes d'amélioration et est déclarée hors de danger. Le soir même, peu avant l'arrivée de Brandon et de Mme Dashwood, Elinor entend une voiture. Elle est stupéfaite lorsqu'elle réalise qu'il s'agit de Willoughby, qui s'est présenté ivre pour s'expliquer.

Willoughby explique à Elinor qu'il a toujours eu l'intention d'épouser une femme riche, car il est depuis longtemps endetté. Lors de sa première rencontre avec Marianne, il a encouragé sans vergogne son attachement pour son propre divertissement – mais il s'est rapidement retrouvé véritablement amoureux d'elle. Il demande à Elinor de transmettre le message à Marianne, et celle-ci accepte de tout lui dire dès que sa santé sera rétablie. Lorsque Brandon et Mrs Dashwood arrivent enfin, Mrs Dashwood raconte à Elinor que Brandon a avoué son amour pour Marianne pendant leur voyage à Cleveland.

RETOUR À BARTON

Une fois Marianne complètement rétablie, les Dashwood retournent à Barton Cottage. Lors d'une promenade dans les collines, les sœurs passent à l'endroit où Marianne est tombée, ce qui déclenche une discussion sur Willoughby. Marianne admet qu'elle a agi imprudemment, et Elinor révèle ce que Willoughby lui a dit à Cleveland. Marianne trouve du réconfort dans le fait de savoir que son attachement était sincère.

Peu après, le domestique des Dashwood, Thomas, revient d'Exeter avec la nouvelle qu'il a vu « M. Ferrars » et Lucy Steele. Le couple est maintenant marié, une révélation qui attriste profondément Elinor. Mme Dashwood observe le chagrin de sa fille aînée et se rend compte qu'elle lui a rendu un mauvais service ; l'affliction de Marianne a « trop absorbé sa tendresse, et l'a amenée à oublier qu'elle pouvait avoir en Elinor une fille qui souffrait presque autant, certainement avec moins de provocation et plus de force d'âme ». (P. 301).

Un visiteur arrive à Barton Cottage. Bien qu'Elinor pense d'abord qu'il s'agit de Brandon, il s'agit en fait d'Edward. Lorsque les Dashwoods s'enquièrent de la santé de Mme Ferrars, anciennement Miss Steele, Edward réalise qu'il y a eu un malentendu. Il les informe que Lucy Steele a épousé son frère aîné Robert, qui est devenu une proposition beaucoup plus attrayante après avoir été désigné comme l'héritier de sa mère. Elinor est complètement bouleversée et, dans un moment de sensibilité inhabituelle, sort de la pièce en courant. Edward la demande en mariage et, lorsque Brandon apprend la nouvelle, il propose d'améliorer le presbytère pour que le couple puisse y vivre ensemble.

Mme Ferrars accepte finalement les fiançailles entre Edward et Elinor et ils se marient dans l'église locale. Peu de temps après, Brandon et Marianne – qui se rencontrent fréquemment au presbytère – annoncent également leurs fiançailles, à la grande joie de tous. Les deux couples vivent sur le domaine de Delaford, tout aussi heureux et tout aussi amoureux.

ÉTUDE DE CARACTÈRE

ELINOR DASHWOOD

Elinor Dashwood est l'incarnation du bon sens et de la réserve, mais cela ne la rend pas ennuyeuse ; elle est prompte à rire d'elle-même lorsque Marianne la réprimande pour son estimation « sans cœur » (p. 17) d'Edward au début du roman, et elle taquine Marianne à propos de Willoughby à son tour. Elle ne s'intègre pas facilement à la société du Devonshire mais ne la méprise pas de la même manière que sa sœur, reconnaissant le danger de l'indécence sociale – si elle désapprouve l'amour des ragots de Mrs Jennings, elle désapprouve également le comportement de Marianne qui, selon elle, les alimentera.

Elinor est l'un des rares personnages à rester ferme dans ses intentions romantiques. Alors que Marianne, Willoughby, Lucy et Edward transfèrent tous leurs affections à un moment ou à un autre du roman, Elinor ne se laisse jamais détourner de son amour pour Edward, même lorsque son frère tente de la convaincre de jeter son dévolu sur le colonel Brandon. En effet, elle accorde une grande importance à la loyauté ; malgré son propre chagrin d'amour, elle ne peut s'empêcher d'admirer la fidélité d'Edward envers Lucy.

Marianne est souvent incrédule devant la retenue de sa sœur, interprétant sa prudence comme un manque de sentiments. Cependant, le narrateur omniscient révèle les pensées intimes qu'Elinor dissimule aux autres personnages, et lorsque Mrs Dashwood se rend compte qu'elle a mal interprété la profondeur de l'affection de sa fille pour Edward, elle rappelle au lecteur que – sans les perspectives supplémentaires offertes par le récit – il trouverait les véritables sentiments d'Elinor tout aussi impénétrables.

MARIANNE DASHWOOD

Pendant la majeure partie du roman, Marianne est dominée par la passion. Elle est incroyablement jolie, mais son apparence physique – qui est décrite du point de vue de Willoughby – n'est pas abordée avant le chapitre X : « Miss Dashwood avait un teint délicat, des traits réguliers et une silhouette remarquablement jolie ». Marianne était encore plus belle. Sa forme, bien que moins correcte que celle de sa sœur, en ayant l'avantage de la taille, était plus frappante ; et son visage était si charmant, que lorsque dans la langue de bois commune on la qualifiait de belle fille, la vérité était moins violemment outragée qu'il n'arrive habituellement. » (p. 41).

Son apparence physique est inextricablement liée à son caractère : Willoughby remarque que « dans ses yeux, qui étaient très sombres, il y avait une vie, un esprit, une ardeur » (*ibid.*). Ce lien entre le physique et le spirituel culmine avec la maladie de Marianne, une fièvre provoquée par une combinaison de mal d'amour et d'infection corporelle. C'est le signe de sa maturité émotionnelle – son lit de malade devient un lieu de réflexion et, purgée de sa sensibilité comme de la chaleur de sa fièvre, elle fait le vœu de ressembler davantage à Elinor par la suite.

ANALYSE

SENS ET SENSIBILITÉ

Comme c'est le cas pour de nombreux romans d'Austen, le titre *Raison et Sentiments* identifie un thème clé. Cette dualité est incarnée par Elinor et Marianne, dont les caractères contrastés sont soulignés dans la quête de l'amour : tandis que l'une est lucide, retenue et mesurée, l'autre est spontanée, passionnée et désinhibée.

Ce contraste a une signification historique. Le roman a été publié pour la première fois en 1811, alors que le mouvement classique cédait la place au mouvement romantique. Le classicisme est le nom donné à la résurgence de l'intérêt pour les Grecs et les Romains de l'antiquité. Cet intérêt a influencé l'art, la littérature et l'architecture de la Renaissance au XVIIIe siècle. Communément associé aux idées de symétrie, de rationalisme et de structure, l'idéal classique ne pourrait être plus différent de celui du romantisme, qui loue la subjectivité, la passion et l'individualisme. Il est facile de voir quelle sœur correspond à quel mouvement, et *Raison et Sentiments* a généralement été lu comme un produit de l'évolution culturelle, regardant en arrière vers le classicisme à travers le personnage d'Elinor comme il regarde en avant vers le romantisme à travers le personnage de Marianne.

Mais tout comme le roman est pris entre le « sens » classique et la « sensibilité » romantique, ses héroïnes finissent par l'être aussi – car à la fin du roman, la distinction n'est plus aussi nette. Marianne embrasse le bon sens de sa sœur, reconnaissant que sa propre « affection la plus honteusement non gardée » (p. 293) l'a mise sur la voie de l'autodestruction. Elinor, quant à elle, réagit à la nouvelle que Lucy a épousé Robert Ferrars d'une manière dont même Marianne pourrait être fière : « Elinor ne pouvait plus rester assise. Elle faillit sortir de la pièce en courant et, dès que la porte fut fermée, elle éclata en sanglots de joie, qu'elle crut d'abord ne jamais devoir cesser. » (p. 305).

DOUBLES

Comme une farce shakespearienne, *Raison et Sentiments* est rempli d'erreurs d'identité et de communication. Lorsqu'Edouard arrive pour la première fois à Barton Cottage, Marianne le prend d'abord pour Willoughby ; lorsque Brandon arrive à l'appartement de Mme Jennings, elle le prend également pour Willoughby ; lorsque Willoughby arrive à Cleveland, Elinor croit qu'il s'agit de Brandon ; et lorsque Edouard arrive à Barton Cottage pour la deuxième fois, Elinor croit (encore) qu'il s'agit de Brandon. Les Dashwoods comprennent également mal la référence de Thomas à « M. Ferrars », pensant qu'il s'agit d'Edward.

Ces confusions nous rappellent un thème récurrent : la notion de second amour. La fréquence à laquelle les personnages se trompent mutuellement d'identité est parallèle à la fréquence à laquelle ils tombent à nouveau amoureux, en se « trompant » sur l'objet de leur affec-tion. Brandon aime Marianne en partie parce qu'elle lui rappelle Eliza ; Marianne aime Brandon parce qu'il agit avec intégrité, le seul trait qui manque à Willoughby. Lucy transfère son affection à Robert et Edward transfère la sienne à Elinor. En fait, le récit n'existerait pas sans le remariage – car c'est la tension sous-jacente entre John Dashwood et sa belle-mère que Fanny exploite, ce qui a poussé les femmes Dashwood à s'installer dans le Devonshire.

FRÈRES ET SŒURS

Raison et Sentiments est un roman façonné par les relations familiales, plus particulièrement celles entre les frères et sœurs : les Dashwood, les Ferrars, les Steeles. La relation affectueuse entre Elinor, Marianne et Margaret contraste fortement avec la relation entre Fanny, Robert et Edward Ferrars – car si Elinor et Marianne sont capables d'apprécier leurs différences respectives, Robert et Edward sont irréconciliables.

Lors d'une fête, Robert semble vouloir se distinguer de son frère dans la conversation avec Elinor, affirmant qu'« ils *étaient* différents [...] et déplorant l'extrême *gaucherie* qui, selon lui, empêchait [Edward] de se mêler à la bonne société. » (p. 211). L'insistance avec laquelle il l'assure de ces différences fraternelles suggère un sentiment de rivalité ; en effet, en répondant aux attentes extérieures qu'Edward rejette pour lui-même, comme la poursuite d'une carrière honorable, Robert inverse la dynamique traditionnelle du frère aîné et du frère cadet. Pour ajouter l'insulte à la blessure, il accomplit l'acte même pour lequel Edward est déshérité en sa faveur.

POURSUITE DE LA RÉFLEXION

QUELQUES QUESTIONS À MÉDITER...

- Pensez-vous que le « sens » est toujours supérieur à la « sensibilité » dans le roman ?
- Pensez-vous qu'Edward devrait être admiré pour sa loyauté envers Lucy Steele ? Pourquoi/pourquoi pas ?
- Quel rôle jouent les commérages dans le roman ?
- Les romans d'Austen sont remplis de sœurs. Comment la relation entre Elinor et Marianne (et Margaret) se compare-t-elle à celle entre Elizabeth et Jane dans *Orgueil et Préjugés* ou Anne et Mary dans *Persuasion* ?
- Les moyens de subsistance des Dashwood sont dictés par les hommes qui les entourent, mais Willoughby et Edward sont tous deux menacés de déshériter par de riches parentes. Selon vous, que dit Austen à propos du genre et du pouvoir ?
- Le mariage de Marianne avec le colonel Brandon peut être considéré comme la marque de sa maturité. Pensez-vous que leurs personnages se complètent ?
- Mme Dashwood est souvent émotive. La lucidité d'Elinor fait-elle d'elle une figure plus parentale ?
- Presque tous les personnages sont liés par des conventions sociales. Cela les rend-il heureux ? Faut-il regretter que le mépris de Marianne pour les conventions ne survive pas jusqu'à la fin du roman ?

AUTRES LECTURES

ÉDITION DE RÉFÉRENCE

- Austen, J. (1995) *Sense and Sensibility.* Londres : Penguin.

ÉTUDES DE RÉFÉRENCE

- Milligan, I. (1988) *Studying Jane Austen.* Londres : Longman.
- Tandon, B. (2003) *Jane Austen and the Morality of Conversation.* Londres : Anthem Press.

ADAPTATIONS

- *Sense and Sensibility.* (1995) [Film]. Ang Lee. Réalisateur. États-Unis : Columbia Pictures.
- *Sense and Sensibility.* (2008) [Téléfilm]. John Alexander. Dir. Royaume-Uni : BBC.

Votre avis nous intéresse !
Laissez un commentaire sur le site de votre librairie en ligne
et partagez vos coups de cœur sur les réseaux sociaux !

lePetitLittéraire.fr

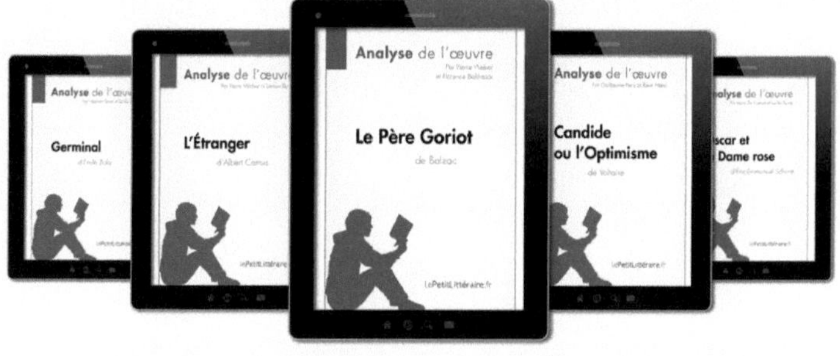

- des analyses de livres
- des fiches de lectures
- des commentaires littéraires
- des questionnaires de lecture
- des résumés

Retrouvez
notre offre complète sur
lePetitLittéraire.fr

ISBN version numérique : 9782808684552
ISBN version papier : 9782808685351
Dépôt légal : D/2023/12603/1035

Conception numérique : Primento,
le partenaire numérique des éditeurs.